PAGÈS (du Tarn),

Auteur de la Nouvelle Phèdre.

COMMENT

LA TRAGÉDIE EST TOMBÉE.

PARIS,

A. LECLAIRE, LIBRAIRE,

RUE GRÉGOIRE DE TOURS, 3, PRÈS CELLE DE BUSSI.

1853

PAGÈS (du Tarn),

Auteur de la Nouvelle Phèdre.

COMMENT

LA TRAGÉDIE EST TOMBÉE.

PARIS,

A. LECLAIRE, LIBRAIRE,

RUE GRÉGOIRE DE TOURS, 3, PRÈS CELLE DE BUSSI.

1853

Yf 12844

Paris. — Imprimerie MOQUET, rue de la Harpe, 93.

> . . . . . Si me vis flere, dolendum est
> Primùm ipsi tibi.
>
> HORAT.

Moi aussi j'ai fait une tragédie, et je n'en rougis pas. Quel temps que celui où ce dernier aveu est devenu presque nécessaire! Faut-il même que j'aie un motif de mettre la plume à la main, et de publier ces quelques lignes? Mais j'ai vu le mépris indigne quoique passager où est tombé le premier des arts; et avant de produire au jour l'œuvre dramatique que j'ai cru devoir écrire, il m'importe d'exposer des réflexions qui, sans la rendre meilleure qu'elle n'est, me serviront au moins d'excuse de l'avoir entreprise.

Émouvoir des spectateurs par la représentation des passions et des malheurs de l'homme, les étonner, les attacher, les attendrir, telle fut chez les anciens la gloire de la tragédie. C'est encore à quelques génies tragiques que le grand siècle de Louis a dû en partie son éclat et sa renommée. Mais peu à peu l'art de toucher les cœurs s'est affaibli. Dans nos derniers temps enfin le poignard de Melpomène n'a plus été manié que par des mains froides et incertaines. Où sont la terreur et la pitié? Qu'est devenue notre grande scène? On n'y trouve plus un trait de cette heureuse fureur, ni de cet esprit inventif de notre nation si supérieure partout ailleurs ; si bien que le drame, cet enfant dégénéré de la tragédie, reste seul en possession de nous donner ces émotions de l'âme qui nous sont si douces et si nécessaires.

Tâchons d'abord de ne pas confondre avec l'essence même de la tragédie ces pièces informes qui en portent le nom, qui pullulent de toutes parts, et qu'il est si facile de faire.

Le nom de tragédie appartient seulement au poëme dramatique qui s'empare vivement des passions humaines, en qui la beauté du style s'allie au mouvement de l'action, et qui, resserré avec énergie dans d'étroites limites de temps et de lieu, n'en produit que plus d'effet sur le spectateur.

La tragédie est un orage qui s'élève, qui grossit, qui gronde, qui éclate avec fureur, et laisse une impression de pitié ou de terreur.

Tel arbre, tel fruit; tel auteur, tel ouvrage. La tragédie est le fruit d'un cœur ardent, généreux et passionné. Si à cela on n'ajoute un esprit et un goût exercés, ainsi qu'un long travail sur le jeu des passions, on ne produira qu'une œuvre incomplète et désordonnée.

Tandis que la civilisation a développé ses magnificences de toutes parts, et renouvelé la face de la terre, l'art sublime de la tragédie, destiné à réveiller la sensibilité de l'homme et à lui inspirer des sentiments généreux, n'a fait des progrès que vers sa décadence. Comment ce contraste singulier s'est-il produit? Pourquoi la muse tragique semble-t-elle anéaantie dans un éternel silence? C'est que l'esprit humain en gagnant en étendue, a perdu en profondeur. Quand l'art d'écrire était peu répandu, qu'on avait peu d'ouvrages à consulter, on était moins entraîné au penchant d'imitation; on creusait davantage la matière qu'on avait à traiter; on était plus soi-même : un long travail était nécessaire pour savoir écrire, et de ce long travail pouvait naître le génie. Enfin l'imprimerie est venue. Les écrits en tous genres et les bibliothèques se sont multipliés. Dès lors pouvait-on résister à la tentation? On a lu, et on a cessé de méditer. Comment, voulant apprendre à rendre la pensée, eut-on recouru à un travail pénible quand on pouvait y parvenir par une suite de lectures intéressantes? Ceci me rappelle que chez les écrivains primitifs de notre nation, malgré les vices d'une langue non épurée, on trouve un cachet d'originalité et de ces

traits heureux que le mérite de leurs successeurs n'a
point fait oublier. D'ailleurs, quand peu de gens se
mêlaient d'écrire, et qu'un petit livre suffisait pour
faire une réputation, un auteur écrivait peu, et bien :
il savait que son mérite serait apprécié. Mais le
nombre des auteurs ayant augmenté à l'infini, on a
dû penser que le meilleur moyen de se distinguer des
autres était de produire de gros ouvrages. Alors nous
avons eu d'immenses compilations, des romans à
perte d'haleine, des pièces de théâtre en quantité
innombrable, mais des œuvres de génie, fort peu.
Voilà ce qui est arrivé avant la création de la presse
périodique et des journanx. Maintenant que par un
besoin nouveau et insatiable ce monarque qui s'appelle public veut savoir à tout moment ce qu'on fait
et ce qu'on pense; qu'il faut lui servir de l'esprit tant
le matin et tant le soir; on n'a plus le temps d'écrire :
c'est une improvisation perpétuelle. On est même
étonné de trouver tant de traits agréables où il y a
si peu de travail. Mais dans cette effervescence géné-
rale qui aura la volonté de cultiver longtemps la soli-
tude, la méditation et la patience d'où sortent les
œuvres qui passent à la postérité? Soit un jeune
homme né avec ces dons heureux qui auraient pu en
faire un grand poète tragique; ou son esprit s'est
déjà nourri d'une foule d'auteurs qui lui en ont im-
posé insensiblement, et qui l'empêchent désormais
d'être lui-même; ou entraîné par l'exemple et le
mouvement de son époque, il étouffe la voix secrète
de son âme, repousse la méditation qui l'appelle,

pourrait trouver dans nos paroles, qui sait si les tragiques, en traduisant les rois sur la scène n'avaient pas le dessein de les exposer à la réprobation publique? Les crimes les plus atroces dont ils les chargent comme à plaisir, me font soupçonner qu'on voulait arracher du cœur des peuples ce respect presque divin dont on entourait autrefois la royauté; et je laisse à décider si la première tragédie où un roi a figuré, n'a pas été faite contre les rois eux-mêmes.

Dans les temps modernes l'abus quoique mieux déguisé, n'a pas été moins grand. Après les horreurs abominables et les faibesses honteuses que pendant deux siècles, nos poètes tragiques ont mises sur le compte des rois, il faut peu s'étonner si un jour enfin la haine contre le pouvoir couronné a éclaté avec une violence si sanguinaire.

Je conclus que dans un état monarchique il ne faut introduire des rois sur la scène qu'avec la plus grande sobriété. Le théâtre vit de mouvement et d'agitation. La vertu toute seule n'est point tragique. On peut espérer d'intéresser le public avec Néron, jamais avec Titus. Il me semble d'ailleurs que le pouvoir suprême, quoique nécessaire, est une exception dans notre nature, et doit élever une ame au dessus de ces passions ardentes qui tourmentent l'humanité, et qui offrent une assez vaste matière à la muse tragique. Faisons donc intervenir rarement des rois dans la tragédie, et plus rarement encore allons la chercher dans les faits historiques qui sont trop loin de nous.

Des doctes nous citent Corneille, et se font contre
nous une arme dangereuse du respect même que nous
avons pour ce grand génie. Nous leur dirons que Corneille écrivait dans la première moitié du dix-sep-
tième siècle, et que nous vivons dans la seconde du
dix-neuvième. Pour ceux qui ne comprendraient pas
cette réponse toute autre serait superflue.

Si je voulais pousser plus loin, ce serait dans les plus
beaux titres de gloire de Corneille que j'irais puiser
des preuves même contre le système qu'il avait
adopté trop exclusivement. Toute l'histoire était devant lui. Il l'a vue; il en a choisi les plus riches sujets; il les a traités avec une puissance d'ame incroya-
ble: et cependant on se demande en secret, et comme
malgré soi, non s'il a laissé de beaux poèmes, mais
une œuvre complètement tragique, et qui attache le
spectateur depuis le commencement jusqu'à la fin.
Des vers sublimes, mais précédés ou suivis de vers
faibles et vides amenés par le vice de la matière;
un rôle principal admirablement dessiné, mais au
préjudice de l'ensemble de la pièce, voilà tout ce qu'a
pu faire le plus grand génie de la France, enfermé
qu'il était dans la cercle de l'histoire et de la mytho-
logie. Enfin ce grand homme, dès qu'il n'est plus
soutenu par la majesté de quelques sujets rares et
exceptionnels, n'est plus l'ombre de lui-même. Il
s'obstine à chercher la tragédie là où elle ne peut
être; il fouille toujours l'histoire, et dans la force de
son âge et de son talent il produit des œuvres dont
on ne sait plus même les noms.

Quant à Racine, son rival de gloire, on ne méconnaît point ce que sa plume a de riche et de facile; mais les personnes sans préjugés voient plutôt en lui un heureux imitateur des anciens que le créateur de la vraie tragédie.

De nos jours cependant on a vu quelques esprits hardis s'emporter contre les entraves indignes dont une vieille habitude enchaînait la muse tragique. Par malheur, n'ayant pu rencontrer eux-mêmes ce style noble et soutenu sans lequel il n'est point de beauté, ils n'ont réussi qu'à fournir des armes aux amateurs des vieux abus, et cherchant la tragédie, ils n'ont pu arriver qu'au drame.

Sans doute, que ce soit drame ou tragédie, le but à atteindre sur la scène doit être à peu près le même. De l'un comme de l'autre il doit sortir un intérêt gradué, et une impression d'attendrissement ou de terreur. Mais au premier on ne trace aucune limite pour le choix des moyens. L'invraisemblance des situations, l'excentricité des caractères, le rire comique s'entremêlant avec les larmes de la douleur, la vulgarité du langage, dans une même pièce le nombre illimité d'actes sous le nom de tableaux et l'espace des temps et de lieux élargi sans mesure, la peinture de toutes les conditions humaines depuis le mendiant couvert de haillons jusqu'aux princes revêtus de l'autorité suprême, toutes ces licences sont entrées dans les habitudes du drame; et si ce n'est encore assez pour attacher le spectateur, il a le droit d'épuiser la variété et la richesse des décorations théâtrales. Les machines les plus surprenantes qui puissent sortir des mains de l'industrie arrivent à son secours, et la musique même peut être appelée à lui prêter l'éclat et la douceur de son harmonie. Telle est la destinée, telle est la force, tels sont les vices du drame.

La tragédie ne doit pas avoir moins de force, mais sa marche doit se développer avec plus d'ordre et de grandeur. Elle doit être aussi une action où le mouvement et la vie se fassent sentir sans relâche, mais sans faire oublier qu'elle est destinée à être l'ornement de la littérature, et à charmer le lecteur après avoir ravi le spectateur.

Le drame a une douleur profonde, retentissante, et pour ainsi dire sans retenue.

La tragédie a une douleur aussi profonde, mais plus décente et plus intérieure.

Dans certaines provinces, au convoi d'un paysan, les femmes jettent de grands cris qu'elles entremêlent aux sanglots de la douleur : c'est une image du drame.

Aux funérailles d'un riche, on n'entend plus ces cris. Les parents sont profondément affligés, mais leur douleur est réservée et s'allie avec une gravité qui rend le tableau plus sombre et plus imposant : c'est une image de la tragédie.

L'un des caractères les plus importants qui doivent faire distinguer le drame d'avec la tragédie, c'est le style.

Le style, c'est l'élégance et la force unies ensemble ; c'est un je ne sais quoi d'heureusement tourné qui charme et qui plaît; c'est un courant de pensées qu'on aime à lire et relire; c'est une âme qui se montre.

Le drame, soit en vers, soit en prose, s'écrit avec une négligence de phrase et une familiarité d'expression qui le rendent peu agréable à la lecture.

Quant à la tragédie, sans faire semblant d'être poète, il faut l'embellir des trésors de la poésie. Il suffit que la parure du style ne nuise pas au mouvement de l'action et de la pensée.

Il est difficile de parler de la tragédie sans songer à ces voix éloquentes qui sont chargées de l'interprêter devant le public. Qui n'a pas entendu cette fille superbe de Melpomène, jeune encore après tant de triomphes, et que la nature semble avoir donnée à la scène comme pour la consoler des œuvres de génie qu'on n'y voit plus apparaître? Qui ne connaît ses brillants confrères? Ils sont de ces artistes rares en qui le talent est sans cesse rallumé par l'amour de l'art; et rien ne manque à notre grand théâtre que des poètes vraiment tragiques.

Que faut-il donc pour que la scène française retrouve tout l'éclat qui lui appartiendrait? Deux volontés également déterminées; l'une partant du gouvernement, l'autre des jeunes auteurs qu'un astre favorable a destinés à la tragédie.

Pour le gouvernement qui nous régit, que dirons-nous? Rien. Il sait mieux que nous ce qu'il doit faire sur ce point, et ce serait méconnaître sa sagesse et sa justice que de penser qu'ayant institué tant de prix littéraires pour le vainqueur, des concurrents nouveaux n'auraient pas la liberté de pénétrer dans la lice.

Quant aux jeunes amis des Muses qui se sentent nés pour donner une voix éclatante et dramatique aux passions humaines, qu'ils se gardent de la lecture d'un trop grand nombre d'auteurs qui peu à peu leur donneraient un esprit servile d'imitation; qu'ils étudient avec précaution les anciens maîtres de notre scène, qui toujours n'y ont pas apporté le mouvement et la vérité nécessaires; qu'ils se souviennent que la méditation sur les choses humaines est la source où le talent dramatique puise sa force. Dans les mines, pour trouver un peu d'or, il faut remuer des montagnes de sable; ainsi notre esprit, pour arriver au beau et au grand, doit se dégager d'une multitude énorme de pensées vulgaires. L'ode brillante sortira peut-être de la seule inspiration, la tragédie jamais. Qu'ils ferment l'oreille à tous les cris qui viennent les détourner de leur voie; qu'ils sachent qu'un bel ouvrage porte d'abord sa récompense avec lui; qu'ils soient enfin persuadés que si pour eux l'accès au théâtre est difficile, il n'est pas impossible.

C'est à ces conditions que le génie tragique se réveillera, que la scène française reprendra sa gloire, et que notre siècle pourra laisser de nouveaux titres aux louanges de l'avenir.